U0087692

福斯多的命運

THE FATE
of FAUSTO

畫筆下的寓言

奧立佛‧傑法／文圖　　吳其鴻／譯

三民書局

獻給寇特和喬

（以及其他）

從前，有一個人相信自己擁有全世界。

於是，他踏上旅程，
去巡視屬於他的一切……

「你是我的。」

福斯多對花說。

「是的，」
花說：「我是你的。」

福斯多聽了很滿意，
他繼續上路。

「你是我的。」
他對綿羊說。

「是的，」
綿羊說：「我想我是你的。」

這讓福斯多心滿意足，

他繼續上路。

接著，福斯多遇見一棵樹，他宣布：
「樹，你是我的。」

樹聽了之後，回答：
「嗯，好吧，我可以是你的。」

然後，樹向男人鞠躬。

這讓福斯多非常高興，
他繼續上路，
很開心自己擁有了

一朵花、
一隻綿羊
和一棵屬於他的樹。

不久之後，福斯多又宣稱
自己擁有田野、森林和湖泊。

一開始，湖泊假裝沒有聽見，

但是福斯多讓湖泊見識到

誰才是老大。

當福斯多走向一座山，
他清楚的說道：

「山，你是我的！」

「不對，」山說。

「我是我自己的。」

這讓福斯多很生氣，
他跺著腳，
並且握緊拳頭。

這座山還是
不為所動。

然而，福斯多暴跳如雷，
讓人難以置信。
他讓山見識到
誰才是老大。

終於……

山向福斯多低頭，並且說：

「是的，你是老大。我是你的。」

這讓福斯多覺得自己非常了不起。
他毫不費力的征服了一艘船，
航向大海。

因為一座山、一座湖泊、
一片森林、一片田野、
一棵樹、一隻綿羊和一朵花，
對他來說還不夠。

當福斯多距離海岸夠遠了，
他拉高音量說：

「大海，你是我的。」

但是大海

沉默不語。

「大海，你是屬於我的。

我知道你都聽見了。」

福斯多更大聲的說。

然後，過了一會兒，
大海輕聲的說：

「你無法擁有我。」

「你錯了，我可以。」
福斯多回答。

但他不確定要看向哪裡，
因為那個聲音彷彿來自四面八方。

「可是，你根本不愛我。」大海說。

「你又錯了，」

男人說：「我非常愛你。」

其實福斯多在說謊，

大海也知道。

「你愛我，卻不了解我，這怎麼可能？」
大海問福斯多。

「你說錯第三次了，」
福斯多說。

「我非常了解你。」
然後，他又不耐煩的補充：
「現在，承認你是我的吧！
否則我會讓你見識到誰才是老大。」

「你打算怎麼做呢？」
大海問。

「我會跺腳，
還會握緊拳頭。」

「如果你想跺腳，那就做給我看看，
這樣我才能了解。」

因此，爲了表示他的憤怒，
並展現自己有多麽的重要，

福斯多爬到船外，

準備在大海上踩腳。

看來，他眞的不了解大海。

而且，他也不知道怎麼游泳。

大海爲他感到難過，

不過大海依然是大海。

山也一樣，
過著原本的日子。

還有那座湖泊、那片森林、
那片田野、那棵樹、
那隻綿羊和那朵花。

日子就像從前一樣。

因爲福斯多的命運……

與他們無關。

憶　喬・海勒

真實故事，願以名譽擔保：

喬瑟夫・海勒，一位重要且風趣的作家，現已不在人世。
我曾和他一起在謝爾特島參加一位富豪所辦的派對。
我當時對他說：
「喬，派對主人光是昨天賺進的錢，
可能比你的小說《第 22 條軍規》
為你一輩子賺的還多，
你感覺如何？」
喬說：「我已經得到他永遠無法擁有的東西。」
我說：「喬，那到底是什麼？」
喬說：「我明白我所擁有的東西早已足夠。」
說得真不錯！安息吧！

寇特・馮內果
刊於《紐約客》，2005 年 5 月 16 日

JOE HELLER

True story, Word of Honor:
Joseph Heller, an important and funny writer
now dead,
and I were at a party given by a billionaire
on Shelter Island.
I said, "Joe, how does it make you feel
to know that our host only yesterday
may have made more money
than your novel 'Catch-22'
has earned in its entire history?"
And Joe said, "I've got something he can never have."
And I said, "What on earth could that be, Joe?"
And Joe said, "The knowledge that I've got enough."
Not bad! Rest in peace!

Kurt Vonnegut
The New Yorker, 16 May 2005

♥IREAD

福斯多的命運

文　　　圖	奧立佛‧傑法
譯　　　者	吳其鴻
責任編輯	林芷安
美術編輯	陳祖馨

發 行 人	劉振強
出 版 者	三民書局股份有限公司
地　　　址	臺北市復興北路 386 號 (復北門市)
	臺北市重慶南路一段 61 號 (重南門市)
電　　　話	(02)25006600
網　　　址	三民網路書店 https://www.sanmin.com.tw

出版日期	初版一刷 2020 年 1 月
書籍編號	S859081
I S B N	978-957-14-6735-1

THE FATE OF FAUSTO

This story was written by Oliver Jeffers in 2015.

The art for this book was made at Idem Press in Paris using
a traditional lithography press during the summer of 2018.

Design by Rory Jeffers and David Pearson
Marbling for endpapers made by Jemma Lewis
With special thanks to Hayley Nichols,
and to Maï Saikusa and Martin Giffard of Idem Press

Text and illustrations copyright © Oliver Jeffers 2019
'Joe Heller' by Kurt Vonnegut. Copyright © 2005, The Kurt Vonnegut Estate,
used by permission of The Wylie Agency (UK) Limited
Traditional Chinese copyright © 2020 by San Min Book Co., Ltd.
Published by arrangement with HarperCollins *Children's Books* through
Bardon-Chinese Media Agency
ALL RIGHTS RESERVED

著作權所有，侵害必究
※ 本書如有缺頁、破損或裝訂錯誤，請寄回敝局更換。

三民書局